Carolina Michelini e Michele Iacocca

MEDO

CB038274

© Carolina Michelini (texto), 2018
© Michele Iacocca (ilustrações), 2018

Coordenação editorial Graziela Ribeiro dos Santos
Preparação Olívia Lima
Revisão Marcia Menin

Edição de arte Rita M. da Costa Aguiar
Produção editorial Alexander Maeda
Impressão Bartira

Dados Internacionais de Catalogação na Publicação (CIP)
(Câmara Brasileira do Livro, SP, Brasil)

Michelini, Carolina
    Medo / Carolina Michelini, Michele Iacocca
[ilustrações] Michele Iacocca. -- São Paulo :
Edições SM, 2019.

    ISBN 978-85-418-2039-4

    1. Literatura infantojuvenil I. Iacocca, Michele. II. Título.

18-20037   CDD-028.5

Índices para catálogo sistemático:

    1. Literatura infantil 028.5
    2. Literatura infantojuvenil 028.5

    Iolanda Rodrigues Biode - Bibliotecária - CRB-8/10014

1ª edição 2019

3ª impressão 2022

Todos os direitos reservados à
SM Educação
Rua Cenno Sbrighi, 25 – Edifício West Tower n. 45 – 1º Andar
Água Branca 05036-010 São Paulo SP Brasil
Tel. 11 2111-7400
www.smeducacao.com.br

Fonte Rotis Sans Serif | Papel *Offset* 150 g/m²

ESTE LIVRO FALA DE MEDO!
NOSSA! E VOCÊ NÃO TEM MEDO DE ABRIR UM LIVRO DESSES?

Você já parou para pensar em quantas vezes por dia usa a palavra **medo**?

Medo de tempestade... Medo do escuro... Medo de barulho alto... Medo de sangue... Medo de hospital... Medo de insetos... Medo de sapo... Medo de aranha... Medo de errar... Medo de lugares fechados... Medo de atravessar a rua... Medo de ficar doente... Medo de tirar nota baixa... Medo de fazer prova... Medo de ir para a escola... Medo de meus colegas não gostarem de mim... Medo de não passar de ano... Medo de animais domésticos... Medo de fazer xixi na cama... Medo de ficar sozinho... Medo de me perder na rua... Medo de ficar longe dos meus pais... Medo de monstros... Medo de fantasmas... Medo de gritos... Medo de altura... Medo de não dar certo... Medo de falar em público... Medo de chegar atrasado... Medo de água... Medo de avião... Medo de não agradar... Medo de ser rejeitado... Medo de comer comida estragada... Medo de elevador... Medo de filme de terror... Medo de palhaço... Medo de andar de bicicleta... Medo de desaparecer... Medo do que pode vir a acontecer... Medo...

E o que acontece
quando você tem
medo, muito medo?

Eu bato os dentes, fico
paralisado, mudo, arrepiado,
de olhos esbugalhados,
com a boca seca, o coração
batendo forte, as pernas
bambas e os cabelos em pé!

Pois fique sabendo
que existem dois
tipos de medo.

Ah, então eu
tenho os dois!

Por exemplo, você teria coragem de andar sozinho por um lugar escuro e isolado?

Nem pensar!

E de dormir com os braços e as pernas para fora da cama?

Eu, não! Vai que sai um fantasma lá de baixo...

Você tem medo de aranhas, cobras, escorpiões e outros bichos peçonhentos?

Claro! E também tenho pavor de cachorro bravo!

E de lobisomens, vampiros, esqueletos e aquelas bruxas de contos de fadas?

Uuuu... Só de pensar, fico aterrorizado!

Você tem medo
de perder pessoas
queridas ou
seu animal de
estimação?

Claro que sim.
Você não?

E de fazer
novos amigos?

Bem... é que
eu sou meio
tímido, sabe?

Você se assusta com tempestade, raio, trovão e outros fenômenos da natureza?

Prefiro evitar, claro!

E tem medo
do futuro, do
que pode vir a
acontecer?

Às vezes, sim...
E aí penso em
cada coisa!

Estamos falando
de medos diferentes,
percebe? Medo de
coisas que existem,
que podem mesmo
acontecer...

É verdade!

E medo de coisas que vivem na nossa imaginação.

Nunca tinha pensado nisso!

Um faz a gente evitar
os perigos reais...

É mesmo!

O outro deve ser compreendido e superado...

Concordo!

Um tipo de medo dura enquanto dura o perigo...

O outro pode ficar o tempo todo na cabeça da gente!

Um é importante para nossa sobrevivência,
porque mostra o que devemos evitar.

O outro é importante para aprendermos

a lidar com nossos sentimentos e com nossa imaginação.

Então até que é bom ter medo...

Ah, é, mas que assusta, assusta!